AF313152

L'EXPIATION

PAR

EUGÈNE VILLEDIEU.

« Mon âme a espéré dans le Seigneur. »
Livre des Psaumes, CXXIX.

PARIS

Charles **DOUNIOL**, Éditeur,

29, rue de Tournon.

1871.

TYP. OBERTHUR & FILS, A RENNES.

A LA FRANCE

SOLDAT DE DIEU ET DE LA LIBERTÉ

E. V.

I

Chant d'Espérance

CHANT D'ESPÉRANCE

Je marchais pensif au bord de la Loire. Le ciel était gris et le temps froid.

Le vent faisait tomber les feuilles ; les oiseaux passaient sous de blêmes nuées.

Le fleuve fuyait ; sous une éclaircie pâle, je voyais miroiter ses flots.

Je penchai ma tête contre un saule, et je dis aux vents qui bruissaient :

— O vents d'automne, vous soufflez tristement. Vous passez ; vents, qu'apportez-vous ?

Et les vents répondirent :

— Nous apportons des bruits de mêlées, des cris sauvages de victoire. Nous apportons le râle de ceux qui tombent et ne se relèvent plus.

Du côté où le soleil se lève, je vis alors, à l'horizon, un reflet rouge sur le ciel. Des étincelles montaient vers ce ciel incendié dans l'ombre.

Et mon regard stupéfait s'arrêta devant ce spectacle flamboyant.

Et j'entendis un glas funèbre résonner sur les rives de la Loire. Il tintait lugubre, lointain.

Et je criai :

— Glas que j'entends, qu'es-tu ?

Et quelque chose me parut répondre :

— Je suis le glas qu'a entendu Jeanne d'Arc et qui a fait frémir Kosciuszko.

Et je sentis un frémissement.

Et j'entendis des voix sous ce ciel. Je leur dis :

— Voix, qui êtes-vous ?

Et elles répondirent :

— Nous sommes les voix de ta patrie, de ta patrie qu'on veut immoler !

— Oh ! non, m'écriai-je ! ô ma patrie, ils ne t'immoleront point ; tu vivras !

Et, sur les nuées sanglantes du soir, je vis arriver comme des fantômes. Et je leur criai :

— Ombres sinistres, qui êtes-vous ?

— Nous sommes, répondirent ces ombres, les puissances qui ont juré la ruine de ta patrie. Ta patrie, nous l'effacerons !

Je regardai fixement ces ombres. Et une voix me les nomma : l'orgueil, l'impiété, la sensualité, la débauche, l'avide cupidité.

Ensuite j'aperçus un cortége qui suivait les fantômes. Et je m'écriai :

— Quel est ce cortége menaçant ?

Et la voix retentit :

— Ce sont ceux qui ont livré leur pensée au mensonge, et se sont vendus à la duplicité.

Ce sont les adulateurs de César et les courtisans des passions populaires, les histrions du machiavélisme et les coryphées de la démagogie.

Ce sont les poursuivants de l'or, du plaisir, du pouvoir, dans les hontes de l'immoralité.

Ce sont ceux qui ont ri de la conscience, ceux qui se sont posés en adversaires contre le divin et contre Dieu.

— Mais tous ceux-là détestent pourtant la violence des dévastations.

— Ils la détestent, et ils l'amènent ; ils l'amènent, ce fléau vengeur du juste et du bien méprisés !

Ils sèment l'égoïsme désolateur; ils font recueillir la désolation.

Alors passèrent des légions, brillant sous la rougeâtre nuée. Un hymne d'électrisante harmonie m'arriva du lointain orageux.

Je demandai :

— Quelles sont ces légions ?

Et la voix répondit :

— Ce sont les puissances qui combattent les forces ennemies.

C'est la foi, c'est l'honneur, c'est la probité sévère, c'est l'ardente fraternité.

C'est l'enthousiasme pour Dieu et pour le triomphe de la justice ; c'est l'abnégation magnanime, asservie au devoir.

C'est le dévoûment au Christ, à l'Église et à la patrie. C'est la République de droiture, de grande et juste liberté !

Et les puissances ennemies s'avancèrent. Et, à l'horizon devenu livide, il y eut combat entre ceux qui défendaient la France et ceux qui voulaient l'immoler.

Et je vis là des assaillants hideux. Et l'on me dit leur nom.

C'étaient ceux qui ont fait, vingt ans, métier de déshonneur et qui ont fait pacte avec l'iniquité, pour affermir le règne de César.

C'étaient ceux qui, du sommet de l'Empire, ont versé l'immoralité ; ceux qui, de là, ont fait conspirer les infamies, pour faire de la France, sous César, une plèbe encensant les lâches succès, abjecte devant la force, indifférente au droit vaincu.

C'étaient ceux qui se sont coalisés, avec l'or et le pouvoir en main, pour faire de toi, ô ma patrie, un peuple de cœurs vils, trahissant Dieu, le Christ, la conscience, pour tripoter et pour jouir !

Et j'aperçus ces ignominies conjurées avec les perversités germaniques, avec les dépravateurs de l'Allemagne, avec ses insolents oppresseurs.

Je vis passer ces légions du mal. Elles demandaient ton âme, ô ma patrie ! Elles se ruaient sur tes défenseurs.

Il fut grand, l'effort ennemi. Le glas funèbre tintait toujours.

Et je me sentis près de défaillir.

Alors, la voix me dit :

— Tu crois voir, là-bas, s'ouvrir une tombe. Oh ! ce n'est pas celle de ta patrie !

L'âme de ta patrie ne meurt point. Elle a fait le passé de tes forts aïeux ; elle fera les gloires de l'avenir.

Ce qui meurt, ce n'est pas ta patrie ; ce sont ses hontes, acclamées longtemps.

L'âme de ta patrie ! non, ils n'en feront pas immolation !

Les Bonaparte et les Hohenzollern n'auront pas de pouvoir sur elle ; les Césars, ces grands malfaiteurs, ne la saisiront point !

Ce qui est broyé, ce n'est point la France, ni sa vraie grandeur, ni sa démocratie, qui aura le triomphe, un jour.

Ce qui est brisé, c'est la politique qui a semé le deuil et les larmes ; c'est le mépris du Christ ; c'est le naturalisme impur ; c'est la vie d'amère illusion sans Dieu !

L'âme de ta patrie ! Elle vivra. Elle amènera la liberté des peuples ; elle fera la fédération puissante des nations du monde nouveau.

La République d'un monde sublime, fraternitaire, elle la prépare dans ses heures sombres.

Et bientôt, dans la justice et l'amour saint, elle inaugurera ces grandeurs !

Et alors un concert de voix suaves monta du milieu de l'Expiation.

Les voix des martyrs de la Pologne et de tous les peuples s'unirent. Et ces voix chantèrent :

« France, tu nous a aimés dans nos deuils ; nous t'aimons dans tes larmes.

» Ces heures de saignante épreuve nous unissent tous à jamais contre les oppresseurs des nations.

» France, tu as fait retentir par le monde le cri de l'émancipation populaire, la voix d'une chrétienne rénovation.

» Tu ne seras pas asservie à la domination étrangère, toi qui as été, qui es toujours le peuple apôtre de la liberté !

» Peuple ! tes frères accourent vers toi. Tu as nos vœux et nos prières.

» France, tu es le soldat de Dieu. Combats, espère : tu vaincras !

Et, quand le chant des peuples eut cessé, je vis qui fuyaient, fuyaient au loin, sous le vent de la lugubre tempête, les sarcasmes impies, les vains rires, les matérialismes dissolvants, les scepticismes d'inanité.

Et puis flotta, dans l'ombre lumineuse, le glorieux drapeaux de l'avenir.

Sur cet étendard, je lus ces mots :

« Règne du Christ; règne de l'aimante justice et de la liberté des nations. »

Patrie, patrie, voilà maintenant tes fils dans la lutte de l'agonie. C'est pour toi qu'ils succombent; et, en mourant, ils te disent : tu vivras!

Ils sont sur le Golgotha des peuples; ils sont sur le Calvaire social où, dans la nuit, s'apprête le grand jour.

Ah! ce Calvaire, ce sont maintenant les ténèbres livides. Bientôt ce sera l'aurore, l'aurore du jour selon Dieu!

O France, combats et prie. France, tu amènes cette aurore où l'on te verra resplendir!

Et vous, frères, jeunesse aimée, vous nobles défenseurs de la France, vous qui mourez pour la patrie, oh! en mourant, bénissez Dieu!

Enroulez-vous dans un pli du suaire du Christ. Ce suaire dit : Résurrection!

II

Hymne Funèbre

II

HYMNE FUNÈBRE

Voyant, dis le gémissement de ton âme ; jette ta plainte aux solitudes ; jette-la aux lieux dévastés, perdus.

Mêle ta voix à celle du désert ; unis-la à celle de tout ce qui pleure, aux sanglots des mères, des épouses, des fils de ces vaillants qui ont combattu pour la justice et gisent massacrés.

Voile de deuil ta lugubre pensée ; évoque les sombres souvenirs.

Assieds-toi près de ce torrent. Il ne roule plus ses eaux bleues ; il vient d'être rougi du sang de la jeunesse que tu aimais.

Voyant, prête l'oreille à ces rumeurs. Elles montent, puissantes, de la vertigineuse humanité.

C'est le chant des trompeuses louanges et la voix stridente des malédictions ; c'est le cri de vengeance des peuples qu'a vaincus le mensonge et qu'a broyés la domination.

Entends le lointain bruire. L'Océan populaire y bouillonne dans ses abîmes ; il y mugit, tumultueux.

Ecoute le bruit, qui va s'éloignant, des clameurs de la haine. Elles arrivent de l'horizon où s'effacent les gloires souillées, où s'en vont les triomphes césariens.

Regarde autour de toi; vois ces débris. Des champs piétinés, n'ayant plus de parure; la désolation sur l'immensité nue; une lueur blémissant sur les ruines, et un froid rayon qui éclaire les décombres croulants et entassés.

Oh! je vous vois, ô mes pleurés, qui êtes tombés là! Vous étiez aimables et doux.

Vous avez lutté pour votre foi et pour votre patrie; vous avez combattu avec une énergie magnanime. Et les hordes vous ont immolés!

Je vous vois, ô frères de mon âme! Je souris à votre sourire; j'entends votre parole aimante, zélée, pure, fière, ingénue.

C'étaient les fils de la terre d'Armŏr; c'étaient ceux de l'Anjou, de la Vendée, de la Provence, du Languedoc, de la Guyenne, de l'Alsace mutilée, sublime.

Ils étaient venus là, les uns, des sites verdoyants où coulent la Loire et la Seine; les autres, des bords riants de l'Eure, de la Charente ou de l'Adour; ceux-là, des rives grandioses de l'Isère, du Lot, de la Saône ou de la Durance; ceux-là, du pays montueux où passent l'Ariége ou le Var ou le Gave ou l'Allier; ceux-là, des plaines indéfinies qu'arrosent la Dordogne, l'Aisne ou la Gironde; ceux-là, des alentours escarpés du Rhône impétueux, de la Creuse, du Tarn ou du sonore Chassézac.

Dès leur enfance, ils avaient vu ou les brillantes neiges des Alpes ou celles des splendides Pyrénées; les paysages rêveurs du Morbihan, les abîmes grondants de la Navarre, les défilés boisés de l'Argonne ou les pics abruptes du Dauphiné; les molles collines du Morvan ou le gigantesque Ventou.

Ils avaient admiré, ceux-là, les coteaux de la Touraine; ceux-là, la luxuriante Normandie; ceux-là, la riche Flandre ou les frais vallons de la Lorraine; ceux-là, les perspectives fascinantes du Béarn, de la Gironde ou de l'Aunis; ceux-là, la Bretagne celtique et ses plages retentissantes; ceux-là, la Champagne aux grands souvenirs et au paysage austère; ceux-là, la Bourgogne à l'illustre passé; ceux-là, le Velay et ses granits sombres; ceux-là, l'Ardèche torrentueuse, ses brûlantes vallées, ses déserts arides, ses rougeâtres et sinistres volcans.

Ils avaient rêvé leurs rêves de jeunesse, ou sous les noirs basaltes, ou près des blancs calcaires du Midi; devant la lande pâle du Finistère; en face les vastes plaines du Nord et leurs fuyants lointains; près des flots verts de la mer britannique, ou devant le mirage d'azur et les longs sillages d'argent de l'éblouissante Méditerranée.

Ils avaient eu, un jour, leur premier enthousiasme frémissant, sur le sommet des monts, près des eaux bondissantes du torrent, devant le miroir scintillant des lacs, ou dans la brume du fervent Paris.

Et soudain une voix les a appelés; et chacun d'eux lui a dit : Me voilà !

Et ils sont devenus les défenseurs de la cause sainte de Dieu et des peuples; ils ont fait la croisade de la liberté de la France, du salut social de l'humanité.

Hier, ils pensaient à leurs jours d'autrefois; ils se rappelaient leurs souvenirs.

Que leur disiez-vous, dans leur enfance, ô mères qui pleurez? Que leur disiez-vous, dans leur jeunesse, ô sœurs, ô épouses qui maintenant restez sans parole dans votre deuil?

Vous leur disiez ce qu'oubliaient les prospérités décevantes et ce que les adversités apprendront.

Vous leur parliez de l'amour du Dieu bon, dans l'éloquence de votre chaste amour; vous leur disiez la sérénité heureuse de l'âme vivant dans la foi du Sauveur.

Vous leur révéliez le sublime devoir dans vos attachements si beaux ; vous leur montriez le ciel, dans le limpide azur de vos cœurs.

Vous leur disiez : Religion et patrie! Union des âmes dans la droiture, dans l'énergie forte, vertueuse, et dans les dévoûments généreux !

Vous éleviez le regard de leur pensée vers Jésus, le doux Rédempteur, vers Marie, notre mère. Vous leur disiez :

« Oh! la vraie vie, c'est la vie d'harmonie avec le surnaturel divin.

» Là est la force de notre existence; là sera la grandeur de notre patrie, l'avenir glorieux de l'humanité! »

Et votre âme aimante, ô mes pleurés, avait été touchée de ces accents; elle leur avait répondu.

Et lorsque, sur la terre de France, le ciel s'est assombri; lorsque l'ennemi barbare y a paru, dans la tempète des jours césariens, vous vous êtes levés!

Vous avez embrassé, à votre foyer, une mère, une épouse, une sœur. Vous avez retenu une larme au bord de votre paupière; et dans votre poitrine émue, vous avez étouffé un sanglot.

Et chacun de vous a dit à ces cœurs :

« Je vous quitte! Et, s'il faut, je mourrai pour Dieu, pour vous, pour la France, pour la liberté.

» Donnez-nous vos prières; gardez-moi votre amour, votre souvenir. »

Ils sont partis. Et ils sont morts.

Mères! ne pleurez point sur eux. Les heureux sont eux, nobles et purs, qui ne sont plus ici.

Sœurs, épouses qu'ils aimaient tant, souriez. Répondez à leurs voix : elles vous appellent.

Bientôt ils vous auront dans l'embrassement de l'Amour infini.

Et toi, ne gémis point, ô terre d'Armōr. Tes fils ont été dignes de ton passé.

Bāre et Chenavari, Vosges, Cantal, Jura, Lozère nue, Cevennes tourmentées, soyez fiers de vos morts glorieux !

Par eux, votre nom ira d'âge en âge ; il sera chanté par le grand avenir.

Les accents du monde nouveau rediront votre nom et leur louange ; de magiques concerts, célébrant leur tombe, salueront, près de vous, leur berceau.

Des hymnes d'idéalité enivrante, exaltant la République croyante et libre, apprendront aux échos votre renommée ; ils la diront à nos fils ; ils chanteront :

« Ces monts sévères ont vu naître ceux qui, en des jours livides, ont servi la transfiguration du monde.

» Au pied de ces monts ont passé des hommes qui se sont sacrifiés pour Dieu, pour l'honneur, pour la fraternité.

» C'est là qu'ont vécu plusieurs de ceux qui, par leur mort, ont amené nos jours de gloire.

» Reconnaissance à ces héros de la Rénovation humanitaire ! Ils ont été martyrs du Christ et soldats de la liberté. »

III

Présent et Avenir

III

PRÉSENT ET AVENIR

———⁂———

Et, sous de fulgurescentes nuées, j'entendis une vaste clameur. Des multitudes d'hommes s'écriaient :

« Nous avons été les jouets de perversités malfaisantes ; nous sommes devenus les esclaves de honteuses duplicités.

» L'iniquité a promené le triomphe des ignominies du vieux monde ; elle a fait prospérer, dans le crime, les succès menteurs des jours payens.

» La mondanité nous a prostitués à ses viles idoles ; elle nous a traînés vers des malheurs et des deuils sans nom ! »

Et, dans le tumulte de l'horizon livide que sillonnaient de fauves éclairs, des gémissements m'arrivèrent.

Des voix saccadées, fiévreuses, disaient :

« Le mercantilisme épicurien a été notre soif avide : soif de malheureuse insanité !

» Nous avons pris pour gloire la servilité des vies rampantes, et nous avons nommé grandeur leurs scandaleuses célébrités.

» Ces grandeurs étaient abjection ; ces splendeurs, au néfaste prestige, se sont perdues ténébreuses dans la nuit.

» Nous avons spéculé, amassé, vingt ans. Et un moment vient de tout dévorer !

» Nous avons attaché notre cœur à la matière ; nous avons enchaîné notre âme à l'opulence, aux luxueuses demeures et à l'or entassé.

» Et, dans de crépitantes fournaises, notre or a coulé incandescent ; les tourbillons de l'incendie ont fait flamboyer nos palais ; nos jardins sont comme le désert ; nos pelouses effraient, sinistres lieux ! nos lambris sont des charbons noirs ; nos toits brillants, des restes calcinés !

» En nous, autour de nous, nous avons appelé les bassesses. Les bassesses ont répondu. Et elles ont proclamé César ; elles ont fait fumer l'encens devant lui.

» Nous disions : N'avons-nous pas César ? César est un libéral jouisseur ; sous lui, nous jouirons en paix.

» Et ce jouir est devenu l'horreur ; cette paix a roulé des flots de sang.

» Où est César ? Il a fui, comme un voleur, qui disparaît dans les ténèbres, après une effraction de nuit. »

Et d'autres plaintes lugubres montèrent de la sombre vallée ; et à ces voix plaintives se mêlèrent des malédictions.

Ces voix murmuraient :

« Les hommes des lâches jouissances nous ont appelés libres, et ils nous ont asservis à leurs pensées de dépravation.

» Ils ont pris nos femmes, nos filles, notre honneur, notre joie, notre pain ; ils ont pris nos sueurs. Ils nous ont donné leurs convoitises et leur contagieuse impiété.

» Ils nous ont dit : Travailleurs des champs et des villes, acclamez le maître de nos destinées : il apporte richesse et liberté.

» Et nous avons, comme eux, adulé l'homme de Décembre, apportant la ruine et l'ignominie !

» Et d'autres nous ont dit :

» Reniez le Christ : c'est l'illusion. Repoussez l'Église : c'est la servitude.

» Et nous, les martyrs de la souffrance humaine, nous avons blasphémé le Dieu martyr ; nous, les sacrifiés de l'égoïsme, nous avons insulté l'Église, le milieu de l'amour suave, de la divine et fraternelle union !

» La démagogie, cette honte, nous l'avons saluée ; nous avons fêté ses baladins impurs ; et ses délires, nous les avons couverts de nos ineptes acclamations.

» La démocratie, cette équité austère, nous

l'avons confondue avec l'anarchie enivrée de haine, au lieu de la montrer bienfaisante et majestueuse dans la République de la foi vivante et du sublime amour ! »

Et ensemble ils disaient, dans l'amertume de leur âme :

« L'esprit de vertige a soufflé sur nous. L'orgie de nos vies libidineuses, nos débauches de pensées sans Dieu, nous ont précipités vers la servitude.

» Nos corruptions ont avili notre indigne existence ; elles ont fait chanceler la patrie ; elles ont amené les dévastations sanglantes ; elles ont fait accourir la barbarie.

» Pardonnez, pardonnez, ô Dieu ! »

Et j'entendis, qui s'élevaient de la vallée funèbre, d'autres voix d'affliction. Ces voix disaient :

« Nous avons abaissé les choses divines au niveau de l'habileté mondaine ; nous leur avons donné pour appui l'œuvre inique des Machiavels.

» Le progrès religieux des âmes, nous l'avons attendu des moyens d'une trompeuse sagesse ; et nous avons mis notre espoir dans les illusions du paganisme social.

» Nous avons montré faussement désunies la foi de l'Église et la raison humaine. Nous avons

incliné vers le matérialisme du siècle ; nous avons
été les complices de ses lâchetés.

» Nous avons sacrifié la justice à nos pusillani-
mités, à nos effrois, à nos complaisances désor-
données pour les audaces du succès, pour les hy-
pocrisies de la force.

» Et ces étais menteurs ont croulé ; et de nos
confiances vaines, il ne nous reste plus que dé-
ception.

» Nous sommes au fond de l'abîme. O vous,
secours suprème, Dieu Rédempteur, soyez notre
salut ! »

Et j'entendis les hommes de la science qui avait
été ignorance de Dieu. Et ces hommes disaient :

« Non, non, ce n'est point la matière qui a ces
abjections et ces gloires ; ce n'est point la fatalité
qui dispose des choses d'ici-bas.

» Non, la fatalité n'explique point ces immo-
lations magnanimes et ces rayonnantes expiations.

» Elle n'explique point le spectacle d'une civi-
lisation puissante croulant dans son triomphe et
celui d'une humanité nouvelle apparaissant sur
de fumants débris.

» Tout cela dit volonté intelligente. De ces ca-
tastrophes, de ces héroïsmes surgit éclatant le mot :
Liberté !

» Et cette liberté de l'homme proclame ici la
providence de Dieu.

» L'ordre divin a ses décrets vengeurs; ils se lisent sur ces décombres; ils sont tracés là en lettres de sang!

» Cause des causes, ayez pitié de nous. Pardonnez-nous, ô Dieu, si nous avons méconnu votre nom! »

Et la nature convulsionnée, les animaux hagards, les fleuves écumants, les tumultueuses nuées, les forêts mugissantes, unirent leurs accents de deuil à la voix des multitudes humaines.

Et, sous ce ciel où l'Expiation passait, j'entendis résonner ces mots :

« Le Christ est le Dieu du pardon. Dans vos détresses, dans vos larmes, vous ne l'avez pas supplié en vain.

« Il vous a écoutés, il vous exauce; il est le Dieu d'amour. »

Et les lividités s'enfuirent. Et un horizon magique parut.

Le Ménéhom s'élevait dans le ciel splendide, au bord d'un Océan aux flots calmés. Les collines de Ploéven bruissaient d'enchanteresses rumeurs dans leurs taillis de chênes.

Les landes de Plonéis étaient parées de leurs ajoncs fleuris ; la brise disait son chant d'harmonie avec l'eau murmurante du Steïr.

L'hymne de la nature heureuse retentissait sur les plages resplendissantes de Plonévez et de Penmarch, sur les rives de l'Ellé et de l'Aven.

Et l'on me dit : « La justice a eu son temps.

» La miséricorde est venue; elle est venue par ceux qui, dans le Christ, se sont dévoués pour leurs frères.

» Elle est venue par ceux qui ont traversé, avec amour, l'épreuve de l'Expiation.

» Des bords de la mer d'Armorique au Lubéron aride, au blanchâtre Gardelaban, à la sauvage Dent-d'Arès, au mont Perdu, aux sommets de Marboré; des montagnes d'Arée jusqu'au-delà des Alpes les plus lointaines, au-delà de la verdoyante Hercynie, c'est la paix de l'homme uni au Christ; c'est la paix des peuples louant Dieu, exaltant son règne sur l'humanité! »

TABLE